U0101845

深 山 猎 狐

原 著　王 禾 元 喜

改 编　陈关龙

绘 画　汪绚秋

上 海 人 民 美 術 出 版 社

连环画文化魅力的断想
（代序）

2004年岁尾，以顾炳鑫先生绘制的连环画佳作《渡江侦察记》为代表的6种32开精装本问世后，迅速引起行家的关注和读者的厚爱，销售情况火爆，这一情景在寒冷冬季来临的日子里，像一团热火温暖着我们出版人的心。从表面上看，这次出书，出版社方面做了精心策划，图书制作精良和限量印刷也起到了一定的作用。但我体会这仍然是连环画的文化魅力影响着我们出版工作的结果。

连环画的文化魅力是什么？我们可能很难用一句话来解释。在新中国连环画发展过程中，人们过去最关心的现象是名家名作和它的阅读传播能力，很少去注意它已经形成的文化魅力。以我之见，连环画的魅力就在于它的大俗大雅的文化基础。今天当我们与连环画发展高峰期有了一定的时间距离时，就更清醒地认识到，连环画既是寻常百姓人家的阅读载体，又是中国绘画艺术殿堂中的一块瑰宝，把大俗的需求和大雅的创意如此和谐美妙地结合在一起，堪称文化上的"绝配"。来自民间，盛于社会，又汇入大江。我现在常把连环画的发展过程认定是一种民族大众文化形式的发展过程，也是一种真正"国粹"文化的形成过程。试想一下，当连环画爱好者和艺术大师们的心绪都沉浸在用线条、水墨以及色彩组成的一幅幅图画里，大家不分你我长幼地用相通语言在另一个天境里进行交流时，那是多么动人的场面。

今天，我们再一次体会到了这种欢悦气氛，我们出版工作者也为之触动了，连环画的文化魅力，将成为我们出版工作的精神支柱。我向所有读者表达我们的谢意时，也表示我们要继续做好我们的出版事业，让这种欢悦的气氛长驻人间。

感谢这么好的连环画！

感谢连环画的爱好者们！

上海人民美术出版社社长 李新

2005年1月6日

【内容提要】 青山大队大平等几个少先队员上山捉狐狸，发现有人破坏集体山林，他们跟踪追击，终于揪住了破坏山林的"老狐狸"。

（1）1969年春天，青山生产大队清理阶级队伍运动正向纵深发展。一天早晨，少先队队长大平带领同学小芹、小松、小强等到苗圃参加劳动。山腰上，一畦畦树苗、发芽吐叶、葱绿喜人，大家越干越欢。

（2）收工后，大平用镰刀削了根棍子，领着小强走到一个小洞跟前。大平把棍子伸进洞去捅了捅，"噌"地从洞里跳出一只小狐狸。

（3）大平朝小强一挥手："追！"两人就撒腿追去。刚翻过一道山坡，不料小强"扑通"一声摔倒了。

（4）大平连忙停步扶起他，目光不由落到小强脚下的木头上：原来那是两根黄花松树干，有碗口粗，上面胡乱地遮盖了点乱草。看那黄澄澄的锯末子和正冒浆的树桩，可以断定这树是新砍的。

（5）过几天公社就要在这儿召开林业管理现场会，队里还要介绍经验。这是谁干的呢？大平气坏了，必须立即向大队党支部委员、护林员赵爷爷报告。

（6）大平捧起一把锯末，发现锯末里有个东西，捡起一看，是个烟斗。大平想，这烟斗肯定跟砍树有关，把那坏家伙查出来，批判不算，还要罚他栽上许多树。

（7）大平在大队部找到了赵爷爷。赵爷爷听了汇报，把烟斗托在手里端详：这是个枣木烟斗，弯弯的烟嘴是有机玻璃做的，烟锅上刻着一行日文小字。大平提出自己的看法："会不会是'老狐狸'的烟斗？"

（8）赵爷爷细细琢磨大平的话，联想起群众揭发"老狐狸"在清队运动中造谣破坏的事，觉得此人确实是个可疑的人物。他握住这个奇怪的烟斗，对大平说："你没捉到狐狸，可抓住了狐狸尾巴。这事很重要，要立即向上级汇报。"

（9）"老狐狸"是个外来户，真名叫尹常贵，化名为胡崇义。日伪、国民党统治时期，他当过警长、保长，罪行累累。解放前夕，他逃到青山村，以做木匠为掩护，隐蔽下来，妄想有朝一日，国民党反动派卷土重来，重新欺压人民。

（10）清队运动开始后，"老狐狸"为了蒙混过关，冥思苦想，终于想出个诡计：破坏山林，把水搅浑，转移群众视线。前天夜里，他偷偷窜进山，锯倒两棵黄花松，慌张地离开了现场。

（11）第二天天亮，"老狐狸"发觉丢了烟斗。他急得在屋里、院里到处找，可都没找着。这烟斗是日本人送他的。他想：糟了，八成是掉在林子里。若叫别人捡了去，非但搅浑水的目的达不到，自己反倒有落网的危险！

（12）"老狐狸"急忙要进山去找烟斗，可是一出家门，看到社员们正上山干活，又把头缩了回来。大平家就在"老狐狸"家隔壁，此时，大平正站在窗台上紧紧监视，他的一举一动都没逃过大平的眼睛。

（13）大平想起昨天赵爷爷的一段话："砍伐山林不是一般破坏，而是敌人干扰清队运动。"同时赵爷爷交给了大平和少先队员们张贴清队标语的任务。大平走出门外，把哨子一吹，同学们很快就集合了。

（14）不一会，标语贴到"老狐狸"家门口。"老狐狸"蹲在屋檐下正在焦急地往垃圾堆里寻找东西，见大平和同学们拥进院子，赶紧挂着铁锹站起来问："小家伙，干嘛起来这么早啊？"

（15）大平严肃地对"老狐狸"说："你知道有人砍树的事吗？赵爷爷说过，这是破坏，要是他自己不交代，就同他作斗争！""老狐狸"仰脖子听着，两眼直发愣。

（16）大平刷好浆糊，在屋檐下贴上了"坚决把清理阶级队伍的运动进行到底"的大标语。小芹站在下边还高声念了一遍。"老狐狸"一看，心里"咯噔、咯噔"地跳。

（17）这时，小松跑出院外去撵兔子，"老狐狸"急忙挑起粪筐跟出去。他心里盘算：小松贪玩，也许能从他嘴里掏出个"底"来。

（18）小松抓住了兔子，"老狐狸"走上前从兜里掏出烟卷，点着了火，问小松："砍林现场找到什么线索吗？"苗圃劳动那天，小松有事先走，不知捡到烟斗的事，便摇头说："没找到啥，不过谁搞破坏，就是长了兔子腿，也跑不了。"

（19）"老狐狸"听小松这么一说，稍许定了心，认为大平的那番话不过是说说罢了。不过这烟斗可万万不能落到别人手中，得赶快进山。他挑起粪筐就往山里走。

（20）"老狐狸"纠缠小松的鬼把戏，大平已看在眼里，断定他是在探听风声。大平当机立断：派小芹和小强把守住通往南山坡的那条小道，不让"老狐狸"上山，其他同学继续张贴标语。他自己和小松立即去找赵爷爷。

（21）一路上，大平劝告小松，不要贪玩，要提高警惕，不能跟"老狐狸"一起扯皮。大平还讲起赵爷爷同"老狐狸"斗争的事。

（22）大平指着一层层梯田和一排排果树对小松说："前年修这块梯田的时候，刚修了一半，下了一场大雨，把梯田冲垮了。那时，'老狐狸'头一个吵着不干了。赵爷爷当场把他顶了回去，带领全队社员，苦干半月，终于把梯田修成了。"

（23）走到杨树林，大平指着一排刚吐芽的小杨树说："这排小树就是被'老狐狸'家的羊跑出来啃坏后，赵爷爷命令他重栽上的。所以，对'老狐狸'这号人，得时刻留神，别看他耷拉个眼皮装熊蛋，也许是个坏蛋呢！"

（24）小松打心眼里佩服赵爷爷，只是讲"老狐狸"是坏人他不相信。大平讲了半天，他脑袋还转不过弯来，一赌气转身跑了。大平着急地喊他："小松，别忘了，你是少先队员，要提高警惕！咱们的活动要保密！"

（25）大平叫不住小松，独自跑到大队部。党支书老杨见大平跑得满头是汗，打趣说："你这个侦察兵又有情况报告吗？"大平立即回答："烟斗很可能是'老狐狸'的！"接着把早晨刷标语时，看到"老狐狸"寻找东西等可疑情况说了一遍。

（26）电话铃响了。老杨听完电话，对赵爷爷说："'老狐狸'的证据材料，公社专案组都取回来了，你马上去公社把它拿来。"接着他把烟斗递给赵爷爷，说："把这个'狐狸'尾巴也带上，大平提供的线索很重要，要加强对'老狐狸'的监视。"

（27）赵爷爷想了想说："为了让这些孩子在风雨中锻炼锻炼，眼下这任务就交给他们吧。"老杨笑着拍了拍大平的肩头说："行啊，你们先看住他，还要设法麻痹他。"大平站起来"啪"地敬个礼："保证完成任务！"

（28）大平从大队回来，到南山坡时，见埋伏在这里的小芹和小强正拦住"老狐狸"，不让他上山。"老狐狸"说："我去砍两根木杆，给队里修羊圈。"小强下命令似的说："不行！现在有人破坏山林，未经队里批准，谁也不能随便进山！"

（29）大平看"老狐狸"的架势，心里就明白了，走上去说："修羊圈的木杆队里全有，干嘛还要砍？""老狐狸"胡诌说："我还要给队里修大车，做车辕子。"

（30）大平追问他："新砍的木头是湿的，能做车辕子吗？""老狐狸"无言可答，尴尬地干笑了几声，灰溜溜地掉头走了。

（31）苗圃里，同学们聚集在赵爷爷周围，嚷着要把"老狐狸"抓起来。赵爷爷摇头说："我们不能打无把握的仗，像打猎一样，不能看见狐狸一闪影，就乱打一阵。对付这只'老狐狸'，更不能打草惊蛇，而要严密监视。"

（32）赵爷爷布置完任务，就朝公社赶去。大家认为"老狐狸"一定会趁中午社员回家吃饭的时机，上山找烟斗。大平决定让小芹和小强到现场转悠，自己去找小松，其余的人留在苗圃周围一边拔草，一边监视"老狐狸"。

（33）"老狐狸"碰了钉子回来，沮丧地坐在羊圈门口。这时，小松拿着一根树棍子从远处跑来。"老狐狸"贼眼一转，假笑一声问："有事找我吗？"小松把树棍子递给他说："你现在就给我做支小火枪，可以打山兔，打松鼠，还能打坏蛋！"

（34）"老狐狸"指着羊圈门说："这羊圈缺少木杆，还没钉好呢。"小松一心惦记着小火枪，催促"老狐狸"说："你快做，然后我们俩一块儿上山，我打小松鼠，你去砍木杆。"

（35）小松回家拿火柴的工夫，小火枪就做成了。小松试了一下，果然会响。"老狐狸"想让小松打头阵，对小松说："我们从南坡上山，那儿人少，松鼠、鸟雀多。"因为他知道大平他们在苗圃劳动，所以想从南山坡绕道进山。

（36）"老狐狸"跟着小松猫腰爬上山梁，刚要接近现场找烟斗，忽然看到小芹和小强的人影。"老狐狸"慌忙蹲了下来，对小松说："就在这里歇一会儿，看有没有松鼠。"

（37）小芹和小强在现场执行"流动哨"任务。"老狐狸"心急似火，看看风势，凶狠地想：从这儿点着火，蔓延过去就能把现场和烟斗全烧光。于是他指着一条石缝对小松说："这里准有小松鼠，弄点火，烟一呛，它就会跑出来。"

（38）小松听信了"老狐狸"的主意，搂了一把干树叶就点起了火。火烧着干树叶，吱吱啦啦地燃了起来。烟，把小松熏得直流眼泪，也没见石缝里有什么东西跑出来。

（39）火越烧越旺，转眼间，山坡上烟雾弥漫。小松慌了手脚，大声喊："救火呀，救火呀！"小芹和小强循着喊声跑来了，苗圃里的同学发现随风飘来的烟雾，也一齐赶到了现场。

（40）大平赶来，发现火势顺着南风往北蔓延，眼看就要烧到现场了，便指挥同学们集中力量扑灭火源。扑火时，他发现"老狐狸"在场，就布置小芹严密监视他。

（41）火，这里扑灭了，那里又吱吱啦啦着起来。小松急坏了，这火是他引起的呀！他撂下小火枪，跳进火堆，连踹带打。大平急忙把小松拉出来，说这样有危险，还是卡断周围的火道要紧。

（42）经过一场紧张的战斗，火终于扑灭了，可是火是怎么发生的呢？小松呆呆地站在一边，手里提着褂子，眼睛瞧着地上的小火枪，不知怎么办才好。

（43）大平见小松这副神态，心里有了点底。他走到小松跟前，询问火是怎么烧起来的。小松把起火的经过原原本本地告诉了大平。

（44）蹲在一旁的"老狐狸"急坏了，赶紧辩解说："小松你胡说，自己点的火，怎么赖上我了，我是来砍木杆钉羊圈门的。"大平知道"老狐狸"在耍赖，就从地上捡起小火枪问："我早就说过，队里有修羊圈的木头，你为啥偏偏往山上跑？"

（45）"老狐狸"着慌说："木杆不够了。"大平追问："前天队里开会，赵爷爷说过，春天风大草干，要注意防火。你干嘛眼看着小松点火不劝阻？" "老狐狸"辩不过，耍赖说："你们想诬赖好人！"便捡了根破杆子溜了。

（46）小松还想跟"老狐狸"争辩，见他已经走远，气得差点哭出来。小松后悔自己只想玩火枪、捉松鼠，结果惹出这么个大祸来。小强瞅着眼前被烧的树木，责怪小松："都是你，不是打弹弓，就是做火枪。"同学们也纷纷批评小松。

（47）大平知道这是"老狐狸"耍的鬼花招，便对同学们说："这事不能全怪小松。是'老狐狸'点的火。'老狐狸'丢了烟斗，上山来找，被我们堵了回去。所以才给小松做小火枪，领他上山，想烧掉烟斗，毁掉现场。"

（48）同学们静静地听着，觉得大平说得有道理。小松回忆起"老狐狸"的言行，也开始对"老狐狸"产生了怀疑，他下定决心说："同学们，我再也不贪玩了。"大平说："我们要团结起来，共同对付这个狡猾的'狐狸'。"

（49）大平把小火枪递给小松说："给你，这是'老狐狸'放火的证据。目前'老狐狸'对你还不大在意，所以监视他的任务就交给你。"同学们又教给小松不少巧妙办法，小松心里很感动。大平又派小强去大队向党支部报告山林失火情况。

（50）小松接受了任务，爬在一棵高高的大杨树上监视着"老狐狸"的行动。"老狐狸"用计未成，心里非常恼火。他走到羊圈旁，见四下没人，就一闪身，敞开了羊圈门，羊一股脑儿冲出来。接着，他又抡起斧子，砍断栏杆，才匆匆离去。

（51）小松看在眼里，气极了，赶紧从树上滑下来，飞也似的跑到苗圃向同学们报告。同学们一听，都气愤地说："纵羊上山，这是搞破坏，我们干脆把'老狐狸'圈到羊圈里，再给公社打电话。"

（52）说话间，几只小羊已窜进苗圃，啃起树苗来。大平布置几个同学，先把羊赶下山，不让糟蹋树苗，然后对其他同学说："这是'老狐狸'耍的又一个花招，想引我们下山，好让他进山找烟斗。"

（53）大家正在议论，小强从大队赶回来。他告诉大家说："党支书杨伯伯说，'老狐狸'硬要进山，就放他进去，看他要干什么。杨伯伯还给公社打了电话，让赵爷爷带民兵马上赶来。"

（54）大平听了，果断地决定："我们按杨伯伯说的，将计就计，让他上山。"
他叫小松和小强继续监视"老狐狸"，并放风告诉"老狐狸"，他们吃过中饭要
到月亮湖劳动。

（55）担任跟踪和警戒任务的小松和小强从山林里出来，看见"老狐狸"躲在羊圈后的水塘边，装模作样在磨斧子。小松叫小强留在原地看着，自己假装追捕一只麻雀朝"老狐狸"奔去。

（56）"老狐狸"见小松过来，便恶意挑拨说："怎么样，挨大平训了吧？赵爷爷知道了，也不会轻饶你。"小松明白"老狐狸"的用意，顶了他一句："赵爷爷说过，有错误改正就好。下午我们到月亮湖劳动，我还得回家去吃饭呢。"

（57）"老狐狸"听说孩子们下午去月亮湖劳动，心里又打起了主意。他甩掉小松，跑到羊圈门口，明里修羊圈，暗里观察动静。一阵嘹亮清脆的歌声传来，"老狐狸"抬头一看，大平领着同学们排着整齐的队伍，奔向月亮湖的盘山道。

（58）大平领着同学们，在盘山道拐了几个弯，迅速插进山林，隐蔽在现场附近。原来，大平要指挥同学们打一场漂亮的"伏击战"哩！

（59）小强用树枝编了一个伪装帽戴在头上，爬上那棵高高的大杨树，向四下瞭望。等了好久，一点动静也没有，他有点泄气了，大平鼓励他说："不能急啊！我们一定要坚持到赵爷爷回来。"

（60）等啊，等啊，突然山村里响起了布谷鸟叫的声音。这是小松发出的信号：有人进山了。同学们立刻紧张起来，在各自的岗位上注视着周围的一切。小强敏捷地滑下树，走到大平跟前报告："'老狐狸'从沟门那条最近的小道上跑来了。"

（61）"老狐狸"一头钻进山里，直窜砍木头的现场，心想只要找到烟斗，就万事大吉。大平和小强屏住呼吸，目不转睛地盯着"老狐狸"。只见"老狐狸"拨开遮在被砍下的两根树干上的乱草，这里扒拉扒拉，那里摸索摸索。

（62）"老狐狸"又把两根树干滚了个个儿，也没找到烟斗。他大失所望，喘了口粗气，一屁股坐在树干上。这时，大平朝小强递了个眼色，两人甩掉头上的伪装帽，一纵身从草丛里跳了出来。

（63）　"老狐狸"发觉背后有响声，猛一回头，"啊"的一声站了起来。大平和小强不慌不忙地走近了他。"老狐狸"立刻想到：糟糕，中计了！

（64）"老狐狸"抢先开了口："我想把这木头做对车辕子。"小强直截了当地问："是你砍的？" "老狐狸"掀下狗皮帽，额头上青筋鼓起来："我？不，不，不知是谁早就砍倒在这里，撂在山上的。"

（65）大平追问"老狐狸"："不对，这树茬、锯末是新的，这树是新砍的。你为什么老想往山里跑？为什么让小松点火？那圈里的羊，又是怎么跑出来的？告诉你，党的政策是坦白从宽，抗拒从严……"

（66）这一连串叮当响亮的话，像一颗颗钉子扎进"老狐狸"的脑门。他后退一步说："算了，算了，跟你们这些毛孩子说不清，我去找赵爷爷。"说完，转身朝山里走。他想赶紧离开现场，甩开大平另打主意。

（67）大平见"老狐狸"要溜，把口哨递给小强，叫他发出集合的信号。然后上前拦住"老狐狸"说："找赵爷爷干嘛往山里走？"

（68）"嘟——嘟——"尖厉的哨声传遍林空。"老狐狸"听了，露出了凶神恶煞的本相，他一拳击倒大平，拔腿就往南山坡跑。小强见大平被击倒，高声大喊："'老狐狸'打人了，捉'老狐狸'啊！"

（69）"老狐狸"扯着树枝往山上爬，用力过猛，树枝拉断了，跌了个四脚朝天。小强追上去，骑在"老狐狸"的肚子上，按住他的双手。"老狐狸"翻身挣扎着跑了。

（70）望着"老狐狸"跑去的背影，大平心急似火，不顾疼痛，一滚身爬起来，箭一般地追了上去。快追上时，他一纵身，拦腰抱住了"老狐狸"。

（71）大平人小力弱，"老狐狸"终于翻在上面，他哆哆嗦嗦地按住大平的脖子，牙缝里吐出三个字："叫你死！"

（72）一个响亮的声音在大平心窝里响起："我赞成这样的口号，叫做'一不怕苦，二不怕死'。"毛主席的教导给他无穷的力量。大平一抬头，用尽全身的力气，掀翻了"老狐狸"。

（73）在这关键时刻，小芹等人都跑来了。他们有的抱住"老狐狸"的大腿，有的拉住"老狐狸"的胳膊，牢牢地把他按倒在地上。

（74）"老狐狸"还想挣扎，小松领着赵爷爷和民兵赶到了！民兵把枪口伸在"老狐狸"面前："不许动！"赵爷爷把枣木烟斗在"老狐狸"眼前一亮说："尹常贵，烟斗找到了！""老狐狸"一听"尹常贵"三个字，身子像一滩狗屎似的瘫软下来。

（75）大平的胳膊被树枝戳破了个口子。赵爷爷愤怒地说："尹常贵，现在不是你腰挎洋刀横行霸道的时候了，唯一的出路是老实交代！"在铁的事实面前，"老狐狸"被迫交代了他的罪恶历史和破坏活动。

（76）听了"老狐狸"的交代，同学们气愤极了。小松捏紧拳头在"老狐狸"眼前一晃，说："你这个坏蛋，平时装得挺老实，我差点上你的当啊！"

（77）赵爷爷拍拍小松的肩膀说："小松，你捉这个狡猾的'老狐狸'时，还是挺勇敢的；不过，往后可不能光贪玩，忘了与坏人斗争啊！"小松坚决地向赵爷爷保证："爷爷，你放心，今后我要向大平学习，做毛主席的好孩子。"

（78）晚霞，映红了高山，映红了山村，映红了孩子们的笑脸，大平和同学们押着"老狐狸"胜利下山了。

汪绚秋

汪绚秋，1922年生，江苏阜宁人。中国连环画家、国画家。高小后随其父补学汉文，1940年到上海民众书局，步入连环画业。1955年转入上海人民美术出版社专门从事连环画创作工作。四十余年中，共创作出版连环画一百余册，代表作有：《替哥哥当矿工》、《赵一曼》、《变天记》系列（《苦人心》、《鱼水情》、《捣狼窝》、《破敌堡》）、《兄弟民兵》、《映山红》等。以长篇连环画《变天记》系列享誉画坛。作品多次参加全国、省市美展，深受社会好评。绘画创作上有自己的风格，构图力求局部与整体疏密虚实、装饰对衬协调；线条柔挺，浓淡墨运用自如，充分体现了中华传统绘画艺术美感。传略和作品辑入《中国当代艺术界名人录》、《中日现代美术通鉴》、《世界华人书画作品选集》、世界美术家传》等各种名人、美术典籍。

汪绚秋主要连环画作品（沪版）

《地下战斗》美术读物出版社1955年版

《生产要紧》美术读物出版社1955年版

《九里山上摆战场》（合作）美术读物出版社1955年版

《红军一战士》新艺术出版社1956年版

《回娘家》上海人民美术出版社1956年版

《苦难的一周》上海人民美术出版社1957年版

《芋头籽》上海人民美术出版社1957年版

《替哥哥当矿工》上海人民美术出版社1958年版

《变天记》（1-4）上海人民美术出版社1959—1965年版

《赵一曼》上海人民美术出版社1961年版

《红莲》上海人民美术出版社1965年版

《兄弟民兵》上海人民美术出版社1966年版

《映山红》上海人民美术出版社1975年版

《深山猎狐》上海人民美术出版社1976年版

《变天记》（1-4）（重绘）上海人民美术出版社1984年版

《山河志》（1-4）上海人民美术出版社2009年版

图书在版编目（CIP）数据

深山猎狐／陈关龙改编；汪绚秋绘．—上海：上海人民美术出版社，2013.6
ISBN 978-7-5322-8513-6

Ⅰ.①深… Ⅱ.①陈… ②汪… Ⅲ.①连环画—作品—中国—现代
Ⅳ.①J228.4

中国版本图书馆CIP数据核字（2013）第111159号

深山猎狐

原　　著：	王　禾　元　喜
改　　编：	陈关龙
绘　　画：	汪绚秋
责任编辑：	康　健
出版发行：	上海人民美术出版社
	（上海长乐路672弄33号）
印　　刷：	上海中华商务联合印刷有限公司
开　　本：	787×1092　1/32　2.75印张
版　　次：	2013 年 7 月第 1 版
印　　次：	2013 年 7 月第 1 次
印　　数：	0001-3500
书　　号：	ISBN 978-7-5322-8513-6
定　　价：	28.00元

虽经多方努力，但直到本书付印之际，我们仍未联系到原著和改编者。本社恳请王禾等先生及其亲属见书后尽快来函来电，以便寄呈稿酬，并奉样书。